最多老師推薦
超好用字帖！

好学

五十音字帖

教科書字體 三版

葉平亭 ＊ 著

要學就學正確的五十音手寫字
使用日本教科書使用字體！
讓你的五十音不走樣！

如何下載 MP3 音檔

❶ 寂天雲 APP 聆聽：掃描書上 QR Code 下載「寂天雲－英日語學習隨身聽」APP。加入會員後，用 APP 內建掃描器再次掃描書上 QR Code，即可使用 APP 聆聽音檔。

❷ 官網下載音檔：請上「寂天閱讀網」（www.icosmos.com.tw），註冊會員／登入後，搜尋本書，進入本書頁面，點選「MP3 下載」下載音檔，存於電腦等其他播放器聆聽使用。

MP3
寂天雲 APP

本書主要內容包括假名的「清音、撥音、濁音、半濁音、拗音、促音、長音、特殊音」，以及「進階學習」。

其中每一個平假名、片假名的內容，包含字形和字音聯想、日文羅馬拼音、書寫筆順練習，並在隨後附上單字學習等。如：

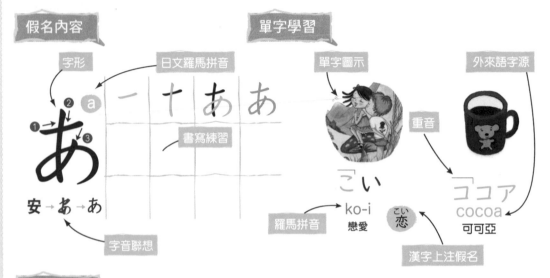

重音學習

本書單字上是以劃線的方式標示重音。除此之外，還可以用**數字**表示重音。如：「えき₁」、「かお₀」

「えき₁」就表示音自第一個字（音節）後下降，「かお₀」就表示重音無起伏為平板調。而音節的計算方式如下：

1️⃣ 一個假名算一個音節。如：
こづつみ／こづつみ₂：小包；包裹
→ 四個音節，重音在第二個假名。

2️⃣ 促音算一個音節。如：
きって／きって₀：郵票
→ 三個音節，重音無起伏。

3️⃣ 拗音算一個音節。如：
ろくじゅう／ろくじゅう₃：六十
→ 四個音節。「じゅ」看起來有兩個假名，但是讀音只有一個音，所以算一個音節。

4️⃣ 長音算一個音節。如：
コーヒー／コーヒー₃：咖啡
→ 四個音節。重音在第三個假名。

平假名

清音

🎧 01

	あ段	い段	う段	え段	お段
あ行	あ a	い i	う u	え e	お o
か行	か ka	き ki	く ku	け ke	こ ko
さ行	さ sa	し shi	す su	せ se	そ so
た行	た ta	ち chi	つ tsu	て te	と to
な行	な na	に ni	ぬ nu	ね ne	の no
は行	は ha	ひ hi	ふ fu	へ he	ほ ho
ま行	ま ma	み mi	む mu	め me	も mo
や行	や ya		ゆ yu		よ yo
ら行	ら ra	り ri	る ru	れ re	ろ ro
わ行	わ wa				を o
撥音	ん n				

 清音

🎧 02

🍀	ア段	イ段	ウ段	エ段	オ段
ア行	ア a	イ i	ウ u	エ e	オ o
カ行	カ ka	キ ki	ク ku	ケ ke	コ ko
サ行	サ sa	シ shi	ス su	セ se	ソ so
タ行	タ ta	チ chi	ツ tsu	テ te	ト to
ナ行	ナ na	ニ ni	ヌ nu	ネ ne	ノ no
ハ行	ハ ha	ヒ hi	フ fu	ヘ he	ホ ho
マ行	マ ma	ミ mi	ム mu	メ me	モ mo
ヤ行	ヤ ya		ユ yu		ヨ yo
ラ行	ラ ra	リ ri	ル ru	レ re	ロ ro
ワ行	ワ wa				ヲ o
撥音	ン n				

濁音

🎧 03

が行	が ga	ぎ gi	ぐ gu	げ ge	ご go
ざ行	ざ za	じ ji	ず zu	ぜ ze	ぞ zo
だ行	だ da	ぢ ji	づ zu	で de	ど do
ば行	ば ba	び bi	ぶ bu	べ be	ぼ bo
ガ行	ガ ga	ギ gi	グ gu	ゲ ge	ゴ go
ザ行	ザ za	ジ ji	ズ zu	ゼ ze	ゾ zo
ダ行	ダ da	ヂ ji	ヅ zu	デ de	ド do
バ行	バ ba	ビ bi	ブ bu	ベ be	ボ bo

半濁音

🎧 04

ぱ行	ぱ pa	ぴ pi	ぷ pu	ぺ pe	ぽ po
パ行	パ pa	ピ pi	プ pu	ペ pe	ポ po

きゃ kya	きゅ kyu	きょ kyo	キャ kya	キュ kyu	キョ kyo
しゃ sha	しゅ shu	しょ sho	シャ sha	シュ shu	ショ sho
ちゃ cha	ちゅ chu	ちょ cho	チャ cha	チュ chu	チョ cho
にゃ nya	にゅ nyu	にょ nyo	ニャ nya	ニュ nyu	ニョ nyo
ひゃ hya	ひゅ hyu	ひょ hyo	ヒャ hya	ヒュ hyu	ヒョ hyo
みゃ mya	みゅ myu	みょ myo	ミャ mya	ミュ myu	ミョ myo
りゃ rya	りゅ ryu	りょ ryo	リャ rya	リュ ryu	リョ ryo
ぎゃ gya	ぎゅ gyu	ぎょ gyo	ギャ gya	ギュ gyu	ギョ gyo
じゃ ja	じゅ ju	じょ jo	ジャ ja	ジュ ju	ジョ jo
びゃ bya	びゅ byu	びょ byo	ビャ bya	ビュ byu	ビョ byo
ぴゃ pya	ぴゅ pyu	ぴょ pyo	ピャ pya	ピュ pyu	ピョ pyo

PART 1

平假名

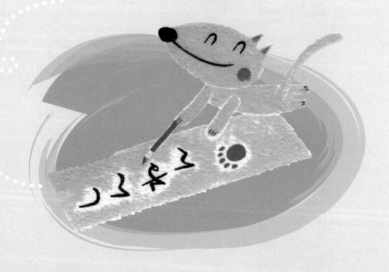

 清音

06

🌸🌸	あ段	い段	う段	え段	お段
あ行	あ a	い i	う u	え e	お o
か行	か ka	き ki	く ku	け ke	こ ko
さ行	さ sa	し shi	す su	せ se	そ so
た行	た ta	ち chi	つ tsu	て te	と to
な行	な na	に ni	ぬ nu	ね ne	の no
は行	は ha	ひ hi	ふ fu	へ he	ほ ho
ま行	ま ma	み mi	む mu	め me	も mo
や行	や ya		ゆ yu		よ yo
ら行	ら ra	り ri	る ru	れ re	ろ ro
わ行	わ wa				を o
撥音	ん n				

a	一	ナ	あ	あ	ka	つ	カ	か	か
あ 安→あ→あ					**か** 加→か→か				
i	い	い	い	い	ki	一	ニ	き	き
い 以→い→い					**き** 幾→き→き				
u	`	う	う	う	ku	く	く	く	く
う 宇→う→う					**く** 久→く→く				
e	`	え	え	え	ke	'	l	け	け
え 衣→え→え					**け** 計→け→け				
o	一	お	お	お	ko	つ	こ	こ	こ
お 於→お→お					**こ** 己→こ→こ				

🎧08

あ行・か行 單字

「あ」い
a-i
愛；愛慕　あい 愛

い「え」
i-e
家　いえ 家

「う」え
u-e
上面　うえ 上

「え」き
e-ki
車站　えき 駅
（電車、火車等）

あ「お」い
a-o-i
藍色的　あお 青い

「か」お
ka-o
臉　かお 顔

「き」
ki
樹木　き 木

「き」く
ki-ku
菊花　きく 菊

い「け」
i-ke
水池　いけ 池

「こ」い
ko-i
戀愛　こい 恋

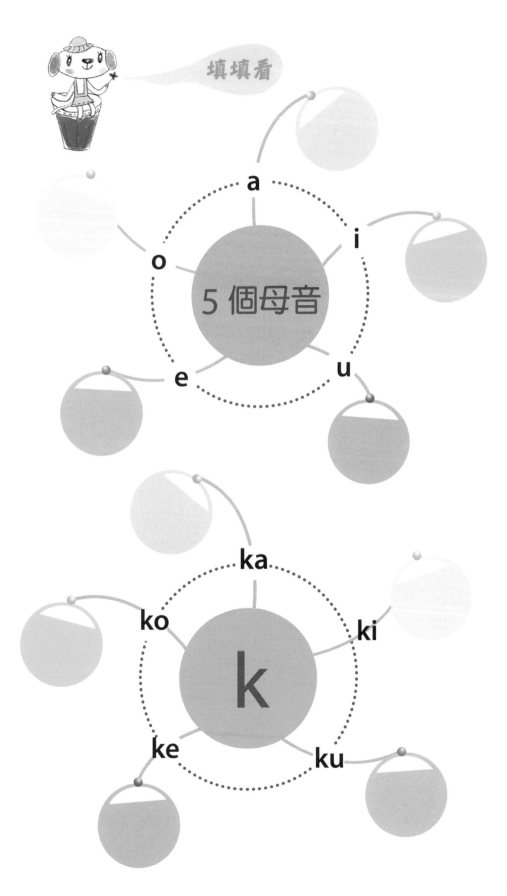

填填看

a
i
o
u
e

5 個母音

ka
ko
ki
k
ke
ku

② さ行・た行

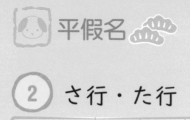

	sa	一 さ さ さ				ta	一 ナ た た		
さ					た				
左→さ→さ					太→た→た				
	shi	し し し し				chi	一 ち ち ち		
し					ち				
之→𡖃→し					知→ち→ち				
	su	一 す す す				tsu	つ つ つ つ		
す					つ				
寸→す→す					川→𡧃→つ				
	se	一 亠 せ せ				te	て て て て		
せ					て				
世→せ→せ					天→て→て				
	so	そ そ そ そ				to	丶 と と と		
そ					と				
曾→そ→そ					止→と→と				

さ行・た行
單字

さけ
sa-ke さけ 酒
酒；日本酒

うし
u-shi うし 牛
牛

すいか
su-i-ka
西瓜

せき
se-ki せき 席
位子
（餐廳、飛機…）

うそ
u-so うそ 嘘
謊言；說謊

した
shi-ta した 下
下面

くち
ku-chi くち 口
嘴巴；口

くつ
ku-tsu くつ 靴
鞋子

て
te て 手
手

おと
o-to おと 音
聲響

填填看

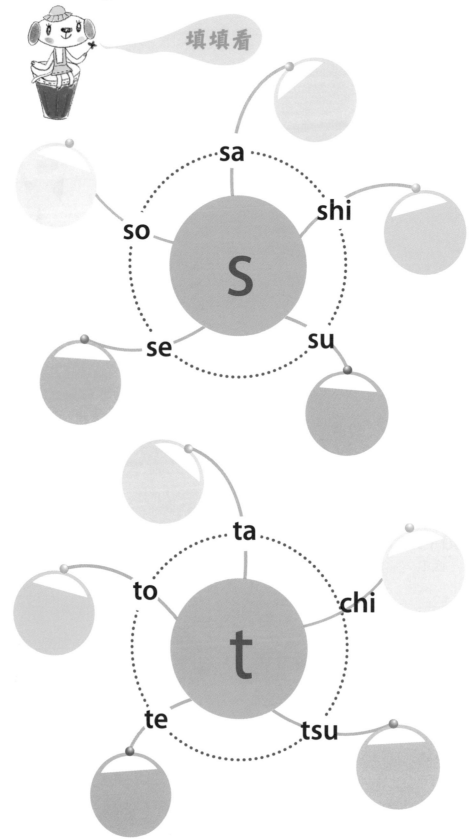

sa

shi

so

s

se

su

ta

to

chi

t

te

tsu

⑪

na	ー	ナ	ナ	な	ha	l	ｌ	は	は
な 奈→な→な					**は** 波→波→は				
ni	l	ｌ	に	に	hi	ひ	ひ	ひ	ひ
に 仁→に→に					**ひ** 比→ひ→ひ				
nu	l	ぬ	ぬ	ぬ	fu	ﾞ	ふ	ふ	ふ
ぬ 奴→ぬ→ぬ					**ふ** 不→ふ→ふ				
ne	l	ね	ね	ね	he	へ	へ	へ	へ
ね 祢→祢→ね					**へ** 部→へ→へ				
no	の	の	の	の	ho	l	ｌ	に	ほ
の 乃→の→の					**ほ** 保→任→ほ				

🎧12

な行・は行 單字

「なな」
na-na 　なな 七
七

「に」
ni 　に 二
二

「いぬ」
i-nu 　いぬ 犬
狗

「ねこ」
ne-ko 　ねこ 猫
貓

「きのこ」
ki-no-ko 　きのこ 茸
菇類

「はち」
ha-chi 　はち 八
八

「ひ」
hi 　ひ 火
火

「ふね」
fu-ne 　ふね 船
船

「へそ」
he-so 　へそ 臍
肚臍

「ほし」
ho-shi 　ほし 星
星星

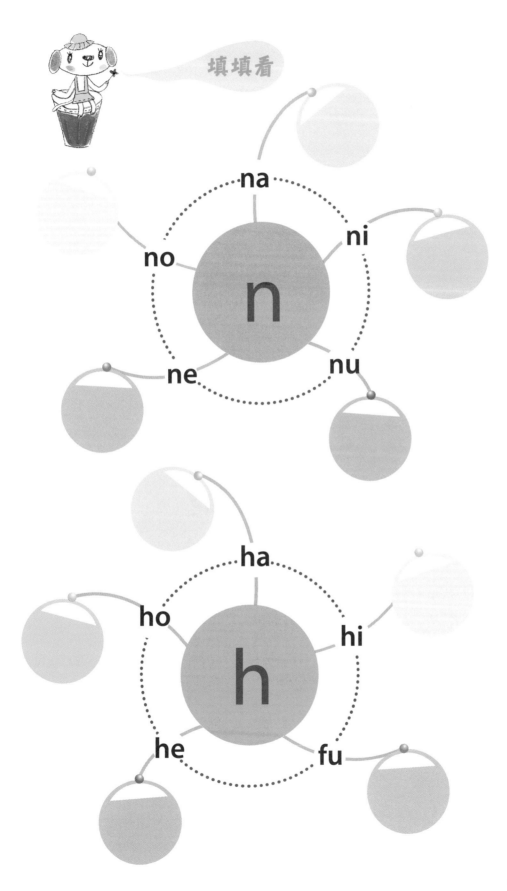

填填看

na

ni

n

no

nu

ne

ha

hi

h

ho

fu

he

④ ま行・や行

🎧13

ma ま 末→末→ま	一	二	ま	ま	**ya** や 也→や→や	っ	っ	や	や	
mi み 美→み→み	み	み	み	み						
mu む 武→む→む	一	む	む	む	**yu** ゆ 由→ゆ→ゆ	ゆ	ゆ	ゆ	ゆ	
me め 女→め→め	＼	め	め	め						
mo も 毛→も→も	し	も	も	も	**yo** よ 与→よ→よ	一	よ	よ	よ	

ま行・や行 單字

ま行・や行 單字

う ま
u-ma
馬 馬

う み
u-mi
大海 海

PART 1

平假名

清音

4

ま行・や行

む し
mu-shi
蟲子 虫

め
me
眼睛 目

も も
mo-mo
桃子 桃

や ま
ya-ma
山峰 山

ふ ゆ
fu-yu
冬天 冬

よ こ
yo-ko
旁邊 横

19

填填看

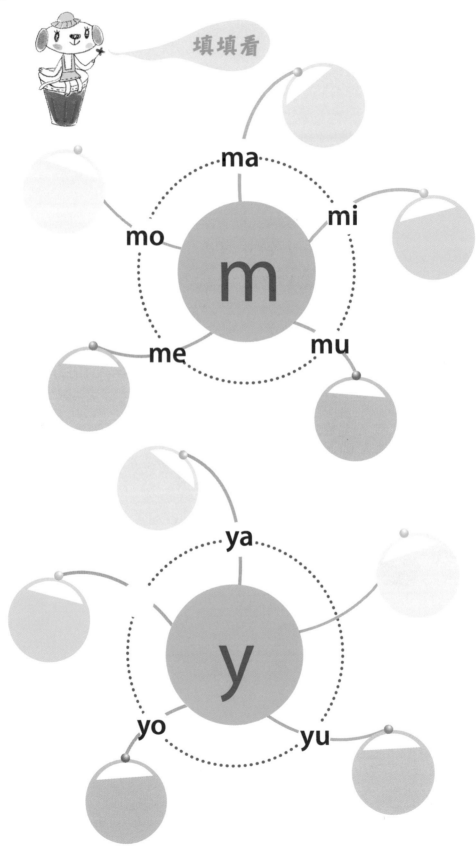

ma

mi

mo

m

mu

me

ya

y

yo

yu

🎧15

ra						wa				
ら	`	ら	ら	ら		**わ**	l	わ	わ	わ
良→ら→ら						和→わ→わ				
ri										
り	l	り	り	り						
利→わ→り										
ru						o				
る	る	る	る	る		**を**	ー	ち	を	を
留→る→る						遠→き→を				
re										
れ	l	れ	れ	れ						
礼→れ→れ						●撥音				
ro						n				
ろ	ろ	ろ	ろ	ろ		**ん**	ん	ん	ん	ん
呂→ろ→ろ						无→え→ん				

ら行・わ行
單字

さくら
sa-ku-ra
櫻 さくら 桜

とり
to-ri
鳥 とり 鳥

くるま
ku-ru-ma
車子 くるま 車

かれ
ka-re
他 かれ 彼
（男性第三人稱）

ろく
ro-ku
六 ろく 六

かわ
ka-wa
河川 かわ 川

みかんを食べる
mi-ka-n-o-ta-be-ru
吃橘子

みかん
mi-ka-n
橘子

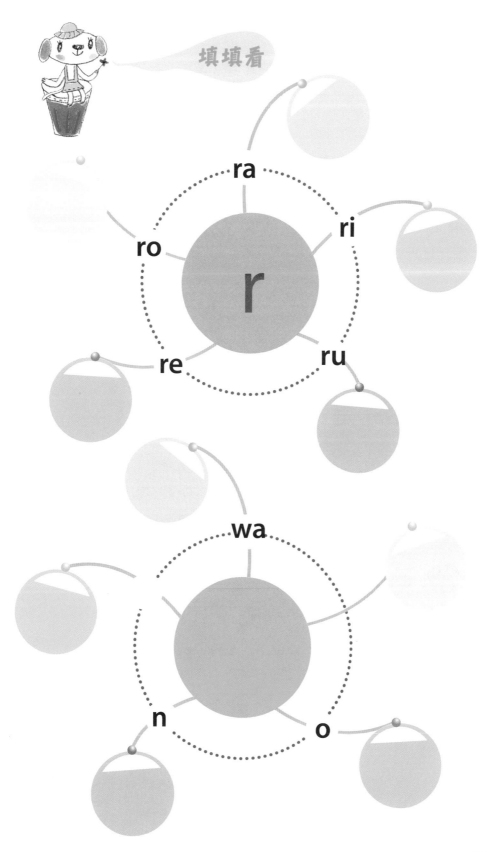

填填看

ra
ri
ro
r
re
ru

wa
n
o

PART
1

平假名

清音

⑤

ら行・わ行

 特殊讀音

は：「は」/ha/，在作助詞用時，讀作「wa」。與「わ」/ wa / 讀音相同。如：私 は /wa/ 会社員です。

へ：「へ」/he/，在作助詞用時，讀作「e」。與「え」/ e / 讀音相同。如：駅へ /e/ 行きます。

を：讀作 / o /，但是打字時，要打 / wo /。讀音與「お」/ o / 相同。「お」和「を」雖然讀音一樣，但是「を」只當助詞用，不會出現在單字中，等學到動詞時才會碰到它！

「ん」是「撥音」。

在五十音表最後面的「ん」是「撥音」（鼻音），不是「清音」。注意！「ん」必須與其他的假名連用，不會單獨出現。如：

- おんせん（溫泉） - みかん（橘子） - にんき（人氣）

「わ行」不只兩個假名？

「わ行」在以前的發音體系中，曾有「wa/wi/we/wo」，然而其中的「ゐ（wi）」和「ゑ（we）」假名已經鮮少使用。「を」假名目前仍在使用，但是「wo」的發音在近代演變成「o」。

濁音 主要是清音中的「か行、さ行、た行、は行」等假名的右上角添加兩點「ﾞ」。

學過了前面的清音再學濁音，記憶字形時並不會造成太大的負擔。

但要注意濁音的**發音要清楚**，日文聽起來才會道地。

另外，

「じ」音發作「ji」，不發作「zi」；

「ぢ」發作「ji」，不發作「di」；

「づ」發作「zu」，不發作「du」。

半濁音 是「は行」右上角加上「ﾟ」， 只有 5 個音。

PART
1

平假名

特殊讀音・濁音・半濁音

濁　音

🎧17

が行	が ga	ぎ gi	ぐ gu	げ ge	ご go
ざ行	ざ za	じ ji	ず zu	ぜ ze	ぞ zo
だ行	だ da	ぢ ji	づ zu	で de	ど do
ば行	ば ba	び bi	ぶ bu	べ be	ぼ bo

半濁音

🎧18

ぱ行	ぱ pa	ぴ pi	ぷ pu	ぺ pe	ぽ po

⑥ 濁音・半濁音

が ぎ ぐ げ ご ざ じ ず ぜ ぞ だ ぢ づ で ど

ば び ぶ べ ぼ ぱ ぴ ぷ ぺ ぽ

❀ 濁音　單字

めがね
me-ga-ne

眼鏡　眼鏡〔めがね〕

うさぎ
u-sa-gi

兔子　兔〔うさぎ〕

かぐ
ka-gu

家具　家具〔かぐ〕

げんき
ge-n-ki

健康
有活力　元気〔げんき〕

ごはん
go-ha-n

飯　ご飯〔はん〕

ひざ
hi-za

膝蓋　膝〔ひざ〕

ひつじ
hi-tsu-ji

羊；綿羊　羊〔ひつじ〕

ちず
chi-zu

地圖　地図〔ちず〕

かぜ
ka-ze

感冒　風邪〔かぜ〕

ぞう
zo-u

大象　象〔ぞう〕

なみだ
na-mi-da

眼淚　涙〔なみだ〕

はなぢ
ha-na-ji

鼻血　鼻血〔はなぢ〕

こづつみ
ko-zu-tsu-mi
小包；包裹 小包

でんわ
de-n-wa
電話 電話

まど
ma-do
窗戶 窗

かばん
ka-ba-n
手提包 鞄

びん
bi-n
瓶子 瓶

しんぶん
shi-n-bu-n
報紙 新聞

なべ
na-be
鍋子；火鍋 鍋

ぼうし
bo-u-shi
帽子 帽子

 20

半濁音　單字

かんぱい
ka-n-pa-i
乾杯 乾杯

えんぴつ
e-n-pi-tsu
鉛筆 鉛筆

てんぷら
te-n-pu-ra
天婦羅

ぺこぺこ
pe-ko-pe-ko
肚子餓極了

さんぽ
sa-n-po
散步 散歩

拗音 是「い段音」加上只有原來**假名一半大小**的「ゃ」、「ゅ」、「ょ」所構成的音，雖然寫成兩個字，但是讀一個音節。

拼音方式類似中文注音的拼音方式。例如「きゃ」就是「き」+「や」的音。

拗音直寫時「ゃ」、「ゅ」、「ょ」偏**右上**；
橫寫時「ゃ」、「ゅ」、「ょ」偏**左下**，位置有些不同，要特別留心。如：

例：きんぎょ	例：りゅう
橫寫 き ん ぎょ	橫寫 り ゅ う
直寫 き ん ぎ ょ	直寫 り ゅ う

拗音

🎧21

きゃ kya	きゅ kyu	きょ kyo	りゃ rya	りゅ ryu	りょ ryo
しゃ sha	しゅ shu	しょ sho	ぎゃ gya	ぎゅ gyu	ぎょ gyo
ちゃ cha	ちゅ chu	ちょ cho	じゃ ja	じゅ ju	じょ jo
にゃ nya	にゅ nyu	にょ nyo	びゃ bya	びゅ byu	びょ byo
ひゃ hya	ひゅ hyu	ひょ hyo	ぴゃ pya	ぴゅ pyu	ぴょ pyo
みゃ mya	みゅ myu	みょ myo	註 「きゃ」算一個重音音節		

きゃ					りゃ				
きゅ					りゅ				
きょ					りょ				
しゃ					ぎゃ				
しゅ					ぎゅ				
しょ					ぎょ				
ちゃ					じゃ				
ちゅ					じゅ				
ちょ					じょ				
にゃ					びゃ				
にゅ					びゅ				
にょ					びょ				
ひゃ					ぴゃ				
ひゅ					ぴゅ				
ひょ					ぴょ				
みゃ									
みゅ									
みょ									

きゅう
kyu-u
九　九（きゅう）

きょう
kyo-u
今天　今日（きょう）

きんぎょ
ki-n-gyo
金魚　金魚（きんぎょ）

しゃしん
sya-shi-n
照片　写真（しゃしん）

しょうかい
sho-u-ka-i
介紹　紹介（しょうかい）

じゃぐち
ja-gu-chi
水龍頭　蛇口（じゃぐち）

きゅうきゅうしゃ
kyu-u-kyu-u-sha
救護車　救急車（きゅうきゅうしゃ）

こうちゃ
ko-u-cha
紅茶　紅茶（こうちゃ）

100
300

ぎゅうにゅう
gyu-u-nyu-u
牛奶　牛乳（ぎゅうにゅう）

ひゃく
hya-ku
一百　百（ひゃく）

さんびゃく
sa-n-bya-ku
三百　三百（さんびゃく）

りょかん
ryo-ka-n
旅館　旅館（りょかん）

促音

（23）

促音 是指發音時，**停頓一個音節**，然後再唸其他的音。

以「っ」（小寫字）來表示，**只有一半假名大小，算一個重音音節。**

電腦輸入日文時，打「ltu」、「xtu」或是重複下一個字的子音，

如「きって」輸入「kitte」，即可顯示。

促音 單字

きって	しっか	せっけん	おっと
ki-t-te	shi-k-ka	se-k-ke-n	o-t-to
郵票 切手（きって）	失火 失火（しっか）	肥皂 石鹼（せっけん）	丈夫 夫（おっと）

（24）

促音發音練習

1
きって [切手]：郵票
きて [来て]：來（「来る」的「て」形）

3
せっけん [石鹼]：肥皂
せけん [世間]：世間

2
しっか [失火]：失火
しか [鹿]：鹿

4
おっと [夫]：丈夫
おと [音]：聲響

長音

長音是指字彙裡出現**兩個母音連在一起**時，將**前面一個音的母音音節拉長一倍**發音，如「**おかあさん**」（媽媽）。

字彙裡兩個母音連在一起，如下述的規則：

規則		單字	
1. あ段音 +	あ	おかあさん ka-a	媽媽
2. い段音 +	い	おじいさん ji-i	爺爺
3. う段音 +	う	くうき ku-u	空氣
4. え段音 +	「え」或 「い」	おねえさん ne-e	姊姊
		せいけん se-i	政權
5. お段音 +	「お」或 「う」	とおり to-o	馬路
		ひこうき ko-u	飛機

 平假名

註

あ段音	母音是「a」的假名	あかさたなはまやらわ…
い段音	母音是「i」的假名	いきしちにひみり…
う段音	母音是「u」的假名	うくすつぬふむゆる…
え段音	母音是「e」的假名	えけせてねへめれ…
お段音	母音是「o」的假名	おこそとのほもよろ…

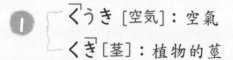 發音練習

1
　くうき [空気]：空氣
　くき [茎]：植物的莖

2
　おじいさん：爺爺
　おじさん [叔父さん]：叔叔、伯伯、舅舅、姨丈、姑丈

3
　せいけん [政権]：政權
　せけん [世間]：世間

4
　とおり [通り]：大馬路
　とり [鳥]：鳥

數字：2位數 🎧27

0	れい・ゼロ	7	なな・しち	50	ごじゅう
1	いち	8	はち	60	ろくじゅう
2	に	9	きゅう・く	70	ななじゅう
3	さん	10	じゅう	80	はちじゅう
4	よん・し	20	にじゅう	90	きゅうじゅう
5	ご	30	さんじゅう		
6	ろく	40	よんじゅう		

 練習

例 79 = ななじゅうきゅう

1 12 =

2 37 =

3 64 =

4 85 =

5 46 =

6 77 =

7 91 =

8 59 =

註 「ゼロ」為外來語，使用片假名表記，在此提前放入，僅供參考。

大きな古時計（古老的大鐘）🎧28

おおきなのっぽの古時計

おじいさんの時計

百年いつも動いていた

ご自慢の時計さ

おじいさんの生まれた朝に

買ってきた時計さ

いまはもう動かないその時計

◇百年休まずに

　チク　タク　チク　タク

　おじいさんといっしょに

　チク　タク　チク　タク

　いまはもう動かないその時計

何でも知ってる古時計

おじいさんの時計

きれいな花嫁やってきた

その日も動いてた

うれしいことも悲しいことも

みな知ってる時計さ

いまはもう動かないその時計

◇重複

真夜中にベルがなった

おじいさんの時計

お別れのときがきたのを

みなに教えたのさ

天国へのぼるおじいさん

時計ともお別れ

いまはもう動かない　その時計

◇重複

PART 2
片假名

片假名

清音

29

	ア段	イ段	ウ段	エ段	オ段
ア行	ア a	イ i	ウ u	エ e	オ o
カ行	カ ka	キ ki	ク ku	ケ ke	コ ko
サ行	サ sa	シ shi	ス su	セ se	ソ so
タ行	タ ta	チ chi	ツ tsu	テ te	ト to
ナ行	ナ na	ニ ni	ヌ nu	ネ ne	ノ no
ハ行	ハ ha	ヒ hi	フ fu	ヘ he	ホ ho
マ行	マ ma	ミ mi	ム mu	メ me	モ mo
ヤ行	ヤ ya		ユ yu		ヨ yo
ラ行	ラ ra	リ ri	ル ru	レ re	ロ ro
ワ行	ワ wa				ヲ o
撥音	ン n				

a		フ	ア	ア	ア	ka		フ	カ	カ	カ
ア						**カ**					
阿→阿→ア						加→力・→カ					
i		ノ	イ	イ	イ	ki		一	二	キ	キ
イ						**キ**					
伊−伊→イ						幾→き→キ					
u		´	´	ウ	ウ	ku		ノ	ク	ク	ク
ウ						**ク**					
宇→宇→ウ						久→久→ク					
e		一	丁	エ	エ	ke		ノ	ノ	ケ	ケ
エ						**ケ**					
江→江→エ						介→ケ→ケ					
o		一	ナ	オ	オ	ko		フ	コ	コ	コ
オ						**コ**					
於→於→オ						己→己→コ					

ア行・カ行
單字

31

アイロン
iron
熨斗

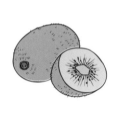

キウイ
kiwi
奇異果

エアコン
air conditioner
空調

オムライス
omelet+rice（和）
蛋包飯

カラオケ

卡啦OK

スキー
ski
滑雪

インク
ink
墨水

ケーキ
cake
蛋糕

ココア
cocoa
可可亞

填填看

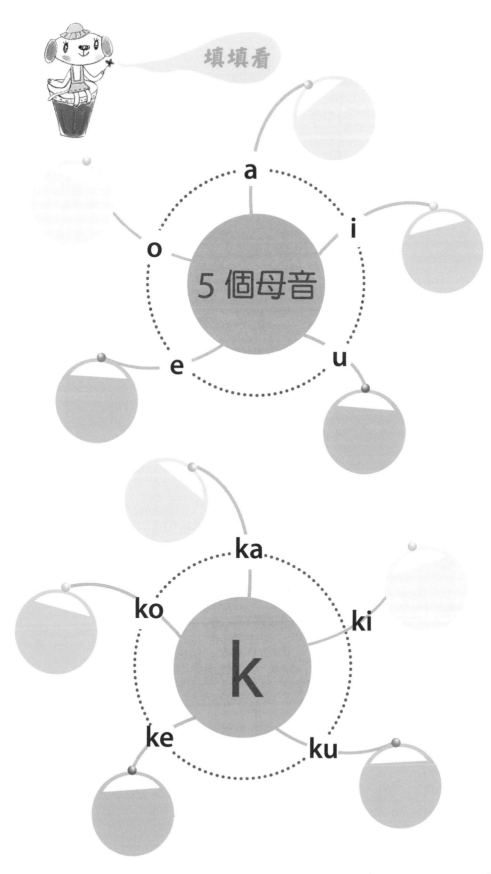

5 個母音

a
i
o
u
e

k

ka
ki
ko
ku
ke

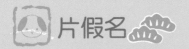
	sa	一	十	サ	サ	ta	ノ	ク	ク	タ
サ						**タ**				
散→サ→サ						多→タ→タ				
シ	shi	丶	ニ	シ	シ	chi	一	ニ	チ	チ
						チ				
之→シ→シ						千→チ→チ				
ス	su	フ	ス	ス	ス	tsu	丶	ソ	ツ	ツ
						ツ				
須→頃→ス						川→ツ→ツ				
セ	se	フ	セ	セ	セ	te	一	ニ	テ	テ
						テ				
世→セ→セ						天→テ→テ				
ソ	so	丶	ソ	ソ	ソ	to	一	ト	ト	ト
						ト				
曽→曽→ソ						止→と→ト				

サ行・タ行 単字

サイン
sign
簽名

シーツ
sheet
床單

キス
kiss
親吻

セーター
sweater
毛衣

ソース
sauce
醬汁
（西餐的）

タクシー
taxi
計程車

コーチ
coach
教練

スーツ
suit
西裝（男士）
套裝（女士）

カーテン
curtain
窗簾

トースト
toast
烤土司

片假名

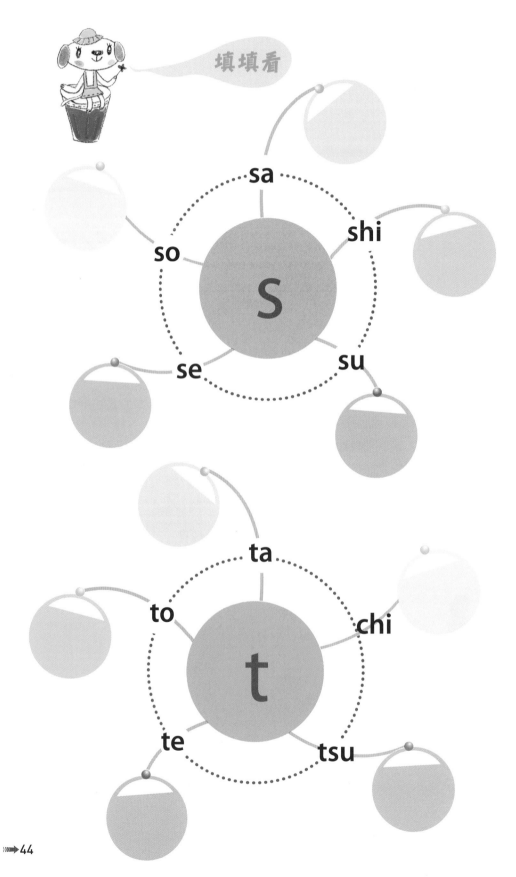

填填看

sa
shi
so
S
su
se

ta
to
chi
t
te
tsu

na	一	ナ	ナ	ナ	ha	ノ	ハ	ハ	ハ
ナ					**ハ**				
奈→奈→ナ					八→八→ハ				
ni	一	二	二	二	hi	一	ヒ	ヒ	ヒ
二					**ヒ**				
二→二→二					比→比→ヒ				
nu	フ	ヌ	ヌ	ヌ	fu	フ	フ	フ	フ
ヌ					**ラ**				
奴→奴→ヌ					不→不→フ				
ne	丶	ラ	ネ	ネ	he	ヘ	ヘ	ヘ	ヘ
ネ					**ヘ**				
袮→袮→ネ					部→部→ヘ				
no	ノ	ノ	ノ	ノ	ho	一	十	オ	ホ
ノ					**ホ**				
乃→乃→ノ					保→保→ホ				

35

ナ行・ハ行
單字

ナイフ
knife
刀子

テニス
tennis
網球

カヌー
canoe
獨木舟

ネクタイ
necktie
領帶

ノート
note
筆記

ハート
heart
愛心

コーヒー
coffee
咖啡

マフラー
muffler
圍巾

ヘリ
helicopter
直升機

ホテル
hotel
飯店

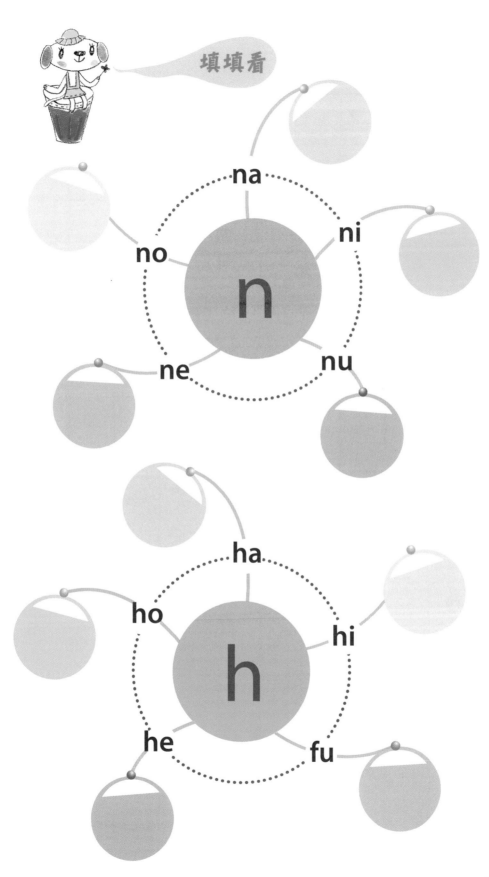

填填看

na

ni

no

n

nu

ne

ha

ho

hi

h

he

fu

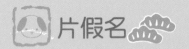
④ マ行・ヤ行

36

	ma	フ	マ	マ	マ		ya	フ	フ	ヤ	ヤ	ヤ
マ						**ヤ**					
末→末→マ						也→ヤ→ヤ					
	mi	＼	二	ミ	ミ						
ミ											
三→ミ→ミ											
	mu	∠	∠	ム	ム	ム		yu	フ	ユ	ユ	ユ
ム						**ユ**					
牟→牟→ム						由→由→ユ					
	me	ノ	メ	メ	メ						
メ											
女→女→メ											
	mo	一	二	モ	モ		yo	フ	フ	ヨ	ヨ	ヨ
モ						**ヨ**					
毛→毛→モ						与→与→ヨ					

マ行・ヤ行 單字

トマト
tomato
番茄

ミシン
sewing machine
縫紉機

ハム
ham
火腿

メロン
melon
哈蜜瓜

メモ
memo
筆記；記錄

タイヤ
tire
輪胎

ユニホーム
uniform
制服

ヨガ
yoga
瑜伽

片假名

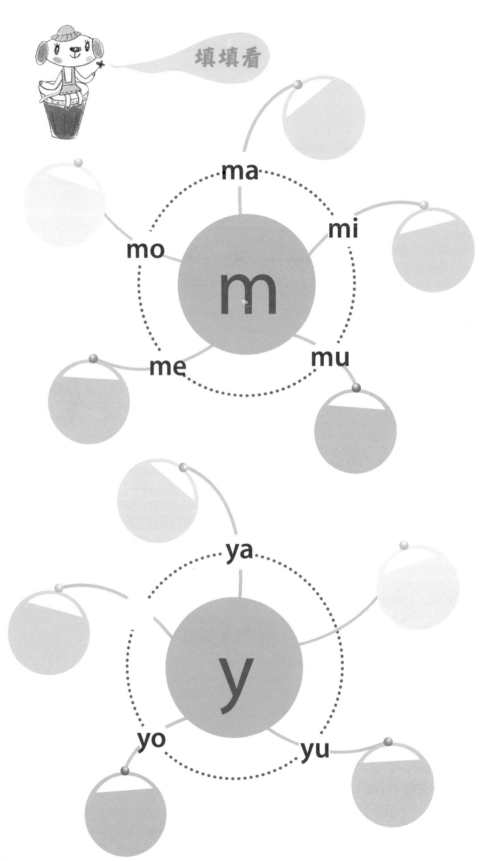

填填看

ma

mo

m

mi

me

mu

ya

y

yo

yu

ra ラ	ー	ラ	ラ	ラ	**wa** ワ	Ｉ	ワ	ワ	ワ
良→亽→ラ					和→和→ワ				
ri リ	Ｉ	リ	リ	リ					
利→利→リ									
ru ル	ノ	ル	ル	ル	**o** ヲ	ー	ニ	ヲ	ヲ
流→流→ル					乎→ヲ→ヲ				
re レ	レ	レ	レ	レ					
礼→礼→レ									
ro ロ	Ｉ	冂	ロ	ロ	**n** ン	丶	ン	ン	ン
呂→ロ→ロ					尔→示→ン				

●撥音

 片假名

カメラ
camera
相機

クリスマス
Christmas
聖誕節

メール
mail
（電子）郵件

トイレ
toilet
廁所

ストロー
straw
吸管

ワイン
wine
葡萄酒；洋酒

ラ行・ワ行
單字

ラーメン
拉麵

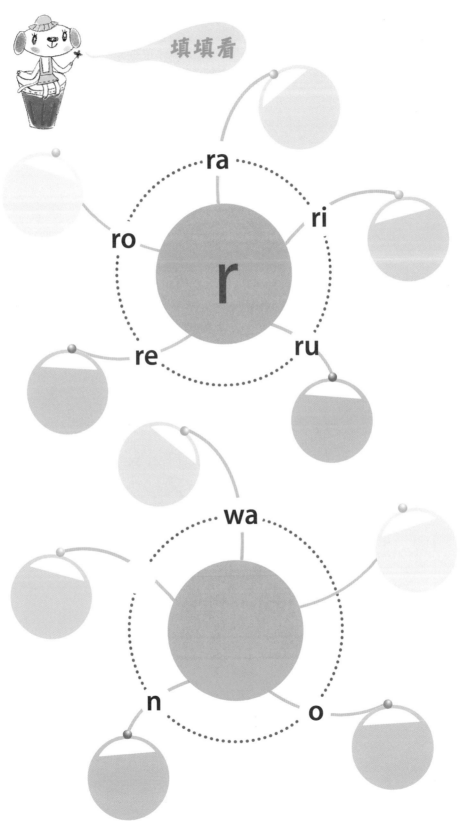

填填看

ra
ri
r
ro
ru
re

wa

n
o

 片假名

濁音・半濁音

濁音 片假名中的濁音與平假名相同。在清音中的「カ行、サ行、タ行、ハ行」的右上角添加兩點「゛」。

半濁音 片假名中的半濁音,則是在「ハ行」右上角加上「゜」。

濁　音

🎧40

ガ行	ガ ga	ギ gi	グ gu	ゲ ge	ゴ go
ザ行	ザ za	ジ ji	ズ zu	ゼ ze	ゾ zo
ダ行	ダ da	ヂ ji	ヅ zu	デ de	ド do
バ行	バ ba	ビ bi	ブ bu	ベ be	ボ bo

半濁音

🎧41

パ行	パ pa	ピ pi	プ pu	ペ pe	ポ po

ガ ギ グ ゲ ゴ ザ ジ ズ ゼ ゾ ダ ヂ ヅ デ ド

バ ビ ブ ベ ボ パ ピ プ ペ ポ

濁音　單字

🎧42

ガイド
guide
導遊

ギター
guitar
吉他

グルメ
gourmet（法）
美食、美食家

ゲーム
game
競技、遊戲

ゴルフ
golf
高爾夫球

ビザ
visa
簽證

オレンジ
orange
柳橙

チーズ
cheese
起司

ゼリー
jelly
果凍

アマゾン
Amazon
亞馬遜

サラダ
salad
沙拉

デート
date
約會

ドア
door
門

バス
bus
公車

ビタミン
vitamin
維他命

クラブ
club
俱樂部；社團

ベーコン
bacon
培根

ボール
ball
球

半濁音　單字

パン
pão（葡）
麵包

ピアノ
piano
鋼琴

プリン
pudding
布丁

ペン
pen
筆

ポスター
poster
海報

 片假名

 拗音

拗音

拗音平假名、片假名拼音規則相同，片假名是由「い段音」加上小寫的「ャ、ュ、ョ」所構成。

直寫拗音時，「ャ」「ュ」「ョ」**偏右上**；

橫寫拗音時，「ャ」「ュ」「ョ」**偏左下**。如：

例：キャベツ	例：シャワー
橫寫 キャ ベ ツ	橫寫 シャ ワ ー
直寫 キャベツ	直寫 シャワー

キャ kya	キュ kyu	キョ kyo	リャ rya	リュ ryu	リョ ryo
シャ sha	シュ shu	ショ sho	ギャ gya	ギュ gyu	ギョ gyo
チャ cha	チュ chu	チョ cho	ジャ ja	ジュ ju	ジョ jo
ニャ nya	ニュ nyu	ニョ nyo	ビャ bya	ビュ byu	ビョ byo
ヒャ hya	ヒュ hyu	ヒョ hyo	ピャ pya	ピュ pyu	ピョ pyo
ミャ mya	ミュ myu	ミョ myo	註 「キャ」算一個重音音節		

⑦ 拗音

キャ					リャ				
キュ					リュ				
キョ					リョ				
シャ					ギャ				
シュ					ギュ				
ショ					ギョ				
チャ					ジャ				
チュ					ジュ				
チョ					ジョ				
ニャ					ビャ				
ニュ					ビュ				
ニョ					ビョ				
ヒャ					ピャ				
ヒュ					ピュ				
ヒョ					ピョ				
ミャ									
ミュ									
ミョ									

拗音　單字

キャンプ

camp

露營

ギャンブル

gamble

賭博

シャワー

shower

淋浴

マンション

mansion

公寓

ジャム

jam

果醬

ジュース

juice

果汁

ジョギング

jogging

慢跑

チャーハン

炒飯

チョコレート

chocolate

巧克力

ニュース

news

新聞

ミュージカル

musical

音樂劇

特殊音

特殊音可以拼出特殊的外文發音，其拼音方法類似「拗音」。

在日文的外來語中可以看到的像是「ウェ」、「フォ」、「ファ」
等等的特殊拼音假名。「ァ」、「ィ」、「エ」、「ォ」是原**假名一半**大小。

★此行實際發
音與「バビ
ブベボ」近
似。

	ウィwi		ウェwe	ウォwo
★ ヴァva	ヴィvi	ヴvu	ヴェve	ヴォvo
クァkwa	グァgwa	シェshe	ジェje	チェche
ツァtsa			ツェtse	ツォtso
ティti	ディdi	デュdyu		
ファfa	フィfi		フェfe	フォfo

（註）「ァ」、「ィ」、「エ」、「ォ」是原來片假名一半大小。

ウィ	ウェ	ウォ	ヴァ	ヴィ	ヴ	ヴェ	ヴォ
クァ	グァ	シェ	ジェ	チェ	ツァ	ツェ	ツォ
ティ	ディ	デュ	ファ	フィ	フェ	フォ	

PART
2
片假名

拗音・特殊音

47

特殊音　單字

ハロウィン
Halloween
萬聖節前夜

ウェブ
web
網頁

ウォール街（がい）
華爾街

シェフ
chef（法）
主廚

ジェットコースター
jet+coaster（和）
雲霄飛車

チェス
chess
西洋棋

パーティー
party
宴會

メロディー
melody
旋律

ソファー
sofa
沙發

フィリピン
Philippines
菲律賓

フェリー
ferry
渡船

フォーク
fork
叉子

促音

48

促音在片假名或平假名中，發音規則相同，都是**不發音停頓一個音節**，然後再唸其他的音。

片假的促音寫作「ッ」，只有**一半假名**大小。

🐾 促音　單字

コロッケ
croquette（法）
可樂餅

ベッド
bed
床

クッキー
cookie
餅乾

チケット
ticket
票

49

🐾 促音發音練習

① 　カット：去掉
　　カード：卡片

② 　トラック：卡車
　　トランク：手提箱

③ マッチ：火柴
　　まち［町］：城鎮

④ 　クッキー：餅乾
　　くうき［空気］：空氣

⑤ 　ヨット：帆船
　　よとう［与党］：執政黨

PART
2

片假名

特殊音・促音

 片假名

 長音

長音 在片假名中以「ー」來表示。例如:「ケーキ」(蛋糕)。

只要按鍵盤中的「ー」鍵就可以顯示片假名的長音符號「ー」。

長音　單字

カレンダー	アイスクリーム	シーソー	ハンガー
calendar	ice cream	seesaw	hanger
月曆	冰淇淋	翹翹板	衣架

長音發音練習

1　ビール:啤酒
　　ビル:大廈

2　シーソー:翹翹板
　　しそ:紫蘇

3　ハンガー:衣架
　　はんが [版画]:版畫

4　チーズ:起司
　　ちず [地図]:地圖

5　スキー:滑雪
　　すき [好き]:喜歡

附録

數字：３位數 🎧52

100	ひゃく	600	ろっぴゃく
200	にひゃく	700	ななひゃく
300	さんびゃく	800	はっぴゃく
400	よんひゃく	900	きゅうひゃく
500	ごひゃく	1000	せん

 練習

例　111 ＝ひゃくじゅういち

1　222 ＝

2　333 ＝

3　444 ＝

4　555 ＝

5　666 ＝

6　777 ＝

7　888 ＝

8　999 ＝

註　火災、生病：119（ひゃくじゅうきゅう　ばん）
　　報案：110（ひゃくとう　ばん）
　　詢問台：104（いちれいよん）

 附録

招呼語

おはよう（ございます）。

早安。

加上「ございます」表示更為尊敬。

こんにちは。

午安；您好

接近中午，或中午以後都可以說。

こんばんは。

晚安。

只要是入夜後都可以說。

お休^{やす}み（なさい）。

お休み（なさい）。

晚安。

睡覺前，或當天晚上兩人不會再碰面，要分開時可以說這句話。

さようなら。

再見。

6

（どうも）ありがとう（ございます）。

謝謝。

「どうも」、「ございます」都可以省略。表示禮貌時，常用「どうも　ありがとう　ございます」。也可以用**過去式**「どうもありがとう　ございました」。

7

いいえ、どういたしまして。

不客氣。

非正式普通的場合可用「いいえ」、「いえいえ」取代。

8

すみません。　　　　ごめん（なさい）。

對不起。　　　　　　抱歉。

「すみません」、「ごめんなさい」同樣表示歉意，但是「すみません」是對**長輩**，或是**關係不親近者**使用；而「ごめんなさい」則是對**平輩、晚輩**，或是**關係親近者**使用。

另外，「すみません」也會使用在表達感謝之意時，「ごめんなさい」則不能來表示感謝之意。

9

どうぞ。

請。

 附録

10

^{しつれい}
失礼します。

打擾了；告辭；再見。

進入辦公室等場所時使用。

要離開某場所或是掛電話、跟別人借過等等情境也可以使用。

11

じゃ、また 明日（あした）。

那麼明天見。

平常兩人分開時說的話。

じゃ、また 来週（らいしゅう）。

那麼下禮拜見。

12

ちょっと 待（ま）って ください。

請等一下。

いただきます。 **13**

開動了。

14 ごちそうさま。

謝謝您的招待；
我吃飽了。

15

行ってきます。

我出去囉。

行ってらっしゃい。

慢走。

16

ただいま。

我回來了。

お帰り（なさい）。

歡迎回家。

17

お誕生日、
おめでとう
（ございます）。

生日快樂。

ありがとう
（ございます）。

謝謝！

18

初めまして、黄です。
どうぞよろしく
お願いします。

初次見面，敝姓黄。
請多多指教。

鈴木です。
こちらこそ、
どうぞよろしく
お願いします。

敝姓鈴木。
也請您多多指教。

 数　字

0：れい・ゼロ	100：ひゃく	1000：せん
1：いち	200：にひゃく	2000：にせん
2：に	300：さんびゃく	3000：さんぜん
3：さん	400：よんひゃく	4000：よんせん
4：よん・し	500：ごひゃく	5000：ごせん
5：ご	600：ろっぴゃく	6000：ろくせん
6：ろく	700：ななひゃく	7000：ななせん
7：なな・しち	800：はっぴゃく	8000：はっせん
8：はち	900：きゅうひゃく	9000：きゅうせん
9：きゅう・く		
10：じゅう		一万：いちまん

0：れい・ゼロ
1：いち
2：に
3：さん
4：よん・し
5：ご
6：ろく
7：なな・しち
8：はち
9：きゅう・く
10：じゅう

11：じゅういち
12：じゅうに
13：じゅうさん
14：じゅうよん・じゅうし
15：じゅうご
16：じゅうろく
17：じゅうなな・じゅうしち
18：じゅうはち
19：じゅうきゅう・じゅうく
20：にじゅう

30：さんじゅう
40：よんじゅう
50：ごじゅう
60：ろくじゅう
70：ななじゅう・しちじゅう
80：はちじゅう
90：きゅうじゅう

100：ひゃく
200：にひゃく
300：さんびゃく
400：よんひゃく
500：ごひゃく
600：ろっぴゃく
700：ななひゃく
800：はっぴゃく
900：きゅうひゃく

1000：せん
2000：にせん
3000：さんぜん
4000：よんせん
5000：ごせん
6000：ろくせん
7000：ななせん
8000：はっせん
9000：きゅうせん

一万：いちまん
十万：じゅうまん
百万：ひゃくまん
一千万：いっせんまん
一億：いちおく

0.86：れいてんはちろく

$\frac{1}{3}$	三	分	の	一
	さん	ぶん	の	いち

55 數　量

一個： ひとつ
二個： ふたつ
三個： みっつ
四個： よっつ
五個： いつつ
六個： むっつ
七個： ななつ
八個： やっつ
九個： ここのつ
十個： とお

 56 人　數

一個人： ひとり
二個人： ふたり
三個人： さんにん
四個人： よにん
五個人： ごにん
六個人： ろくにん
七個人： しちにん・ななにん
八個人： はちにん
九個人： きゅうにん
十個人： じゅうにん

 57 數字練習

數字

32,546： 三万二千五百四十六
さんまんにせんごひゃくよんじゅうろく

8260： 八千二百六十
はっせんにひゃくろくじゅう

5637： 五千六百三十七
ごせんろっぴゃくさんじゅうなな

電話　2365-9739

2	3	6	5	-	9	7	3	9
に	さん	ろく	ご	の	きゅう	なな	さん	きゅう

 註 「-」這裡日文要讀作「の」。

附錄　其他數字相關

71

好學
五十音字帖

作　　　者　葉平亭

編　　　輯　黃月良
封 面 設 計　林書玉
內 文 排 版　謝青秀
製 程 管 理　洪巧玲
出 版 者　寂天文化事業股份有限公司
發 行 人　黃朝萍
電　　　話　02-2365-9739
傳　　　真　02-2365-9835
網　　　址　www.icosmos.com.tw
讀 者 服 務　onlineservice@icosmos.com.tw

Copyright©2022 by Cosmos Culture Ltd.
版權所有　請勿翻印

出 版 日 期　2024 年 2 月　　　三版再刷 (寂天雲隨身聽 APP 版)　　160304
郵 撥 帳 號　1998620-0　　　寂天文化事業股份有限公司

▪ 訂書金額未滿 1000 元，請外加運費 100 元。
【若有破損，請寄回更換，謝謝。】

國家圖書館出版品預行編目資料

好學五十音字帖 (教科書字體)(寂天雲隨身聽 APP 版)/
葉平亭著 . -- 三版 . -- [臺北市]：寂天文化事業股份有
限公司 , 2022.07
　　面；　公分
ISBN 978-626-300-143-5(16K 平裝)
1.CST: 日語 2.CST: 語音 3.CST: 假名

803.1134　　　　　　　　　　　111010745